VENTE

des Mercredi 19 et Jeudi 20 Novembre 1902

Hôtel Drouot, Salle n° 11

A 2 HEURES 1/4

OBJETS D'AMEUBLEMENT

MOBILIERS DE SALONS, CHAMBRE A COUCHER

SALLE A MANGER

ANTICHAMBRE, BIBLIOTHÈQUE, SIÈGES DIVERS, PIANO D'ÉRARD

MEUBLES ANCIENS

OBJETS D'ART ET DE VITRINE

Tableaux, Tapisseries, Tentures

Me F. LAIR DUBREUIL
COMMISSAIRE-PRISEUR
Successeur de Me DUCHESNE
6 — Rue de Hanovre — 6

M. ARTHUR BLOCHE
EXPERT
Près la Cour d'Appel
28, rue de Châteaudun, 28

EXPOSITION PUBLIQUE

Le Mardi 18 Novembre 1902, de 2 h. à 6 heures

PARIS. IMPRIMERIE MÉNARD ET CHAUFOUR
C. CHAUFOUR, Successeur
8-10, Rue Milton

CONDITIONS DE LA VENTE

Elle sera faite au comptant.

Les acquéreurs paieront 10 0/0 en sus du prix d'adjudication.

L'exposition permettant au public de se rendre compte de la nature et de l'état des objets, il ne sera admis aucune réclamation une fois l'adjudication prononcée.

DÉSIGNATION

MEUBLES

1 — Meuble de salon en bois sculpté et doré de style Louis XV, garni en damas de soie rouge, composé de deux canapés, quatre fauteuils et quatre chaises.

2 — Piano droit en bois noir d'ERARD, grand modèle, cordes obliques.

3 — Deux chaises en bois sculpté et doré, dossiers à lyres, couvertes en soie brodée à bouquets de fleurs sur fond gris clair. Style Louis XVI.

4 — Chiffonnier à sept tiroirs en marqueterie de bois rose et de palissandre, orné de bronzes dorés à dessus de marbre. Epoque Louis XV.

5 — Table de nuit en marqueterie de bois rose à dessus de marbre. Epoque Louis XV.

6 — Coffret en bois sculpté décoré sur trois faces, d'auvents à encadrements guillochés séparés par des gaînes, porte la date 1674.

7 — Stalle en bois sculpté. XVIIe siècle.

7 — Glace biseautée dans un cadre Louis XIII en noyer sculpté et guilloché.

9 — Lit empire en acajou.

10 — Armoire en noyer sculpté et ciré de style Henri II, ouvrant à trois portes à glaces.

11 — Bibliothèque tournante en noyer.

12 — Table bureau en bois noir poli.

13 — Grand meuble en chêne sculpté de style gothique.

14 — Petite table à deux volets en noyer.

15 — Meuble de salon en bois verni garni de canne composé de : un canapé, deux fauteuils, deux chaises.

16 — Grande table-bureau en acajou, pieds à croisillon.

16 — Coin de feu en bois sculpté, style Louis XV garni en soie brodée.

18 — Deux chaises en noyer sculpté de même style, garnies en soie brodée.

19 — Grande glace bizeautée avec fronton en bois sculpté et doré.

20 — Glace biseautée forme médaillon cadre en bois sculpté et doré à grands rinceaux feuillagés et fleurs, fronton à coquille.

21 — Divan en soierie fond crème à bouquets de fleurs.

22 — Deux chaises de style Louis XIV couvertes en soierie jaune à fleurs.

22 — Paravant à trois feuilles en soie brodée à dessin japonais, monture en bambou.

24 — Crédence en bois sculpté ouvrant à une porte et un tiroir ornés de sculptures à jour, offrant des bustes d'hommes dans des médaillons et des armoiries au milieu d'ornements. XVIe siècle.

25 — Banquette en bois sculpté et doré couverte en soierie rayée. Style Louis XVI.

26 — Petite table en acajou ornée de bronzes. Style Louis XV.

27 — Petite table à ouvrage en laque, décor à relief sur fond aventuriné.

28 — Deux fauteuils en bois sculpté couverts en damas de soie rouge. Louis XIII.

29 — Bergère à oreillons en bois sculpté et doré, couverte en soierie rose. Style Louis XVI.

30 — Bergère en bois sculpté et doré couverte en soierie crème brochée à festons et bouquets de fleurs. Style Louis XV.

31 — Bergère à oreillons en bois sculpté et doré, couverte en soierie crème brochée à bouquets de fleurs. Style Louis XVI.

32 — Guéridon ovale en bronze émaillé, dessus en marbre. Style Louis XVI.

33 — Petite table forme rognon en bois de rose garnie de cuivres. XVIIIe siècle.

34 — Commode ouvrant à trois tiroirs en noyer, garnie de bronzes, dessus en marbre gris, époque Louis XV.

35 — Table poudreuse Louis XVI en bois de rose garnie de cuivre.

36 — Glace avec cadre à fronton en bois sculpté et doré. Style Louis XVI.

37 — Meuble de salon en noyer ciré de style Louis XIV, recouvert en velours de Gênes et composé de sept pièces.

38 — Deux fauteuils style Louis XIII.

39 — Deux chaises style Louis XIII.

40 — Table Louis XV en noyer ciré.

41 — Table-bureau de style Louis XV en bois de luxe orné de bronzes, dessus en cuir.

42 — Fauteuil de bureau.

43 — Salle à manger en bois sculpté de style Henri II, composée d'un buffet, d'une table et de six chaises recouvertes de cuir.

44 — Meuble de salon composé d'un canapé et deux fauteuils.

45 — Cartonnier renfermant huit cartons.

46 — Vitrine de style Louis XV en bois de luxe, intérieur en peluche.

47 — Chambre à coucher de style Louis XVI en acajou et cuivres, composée d'un lit avec sa literie et une armoire à glace.

48 — Porte-manteau en noyer sculpté orné de glaces.

49 — Table noyer sculpté.

50 — Deux escabeaux en noyer sculpté.

OBJETS D'ART

51 — Paire de jolies appliques en bronze ciselé et doré à trois lumières, formées par des rinceaux se terminant par des têtes de femmes supportant des corbeilles de fleurs et de fruits. Style Louis XVI. Travail de DENIÈRE.

52 — Paire de chenêts en bronze doré, médaillons à mascarons entre deux rinceaux; frise à enroulements et mufles de lions. Style Louis XVI.

53 — Paire de candélabres en bronze ciselé et doré à six lumières, dont cinq sont formées de cariatides de femmes ailées. Epoque Ier Empire.

54 — Pendule en bronze doré, cadran forme borne, placé entre une statuette de jeune femme tenant une brancge de fleurs et

un brûle-parfums trépied à têtes d aigles. Socle orné d'une frise ciselée : les Amours oiseleurs. Epoque fin Louis XVI.

55 — Petite pendule en bronze doré à figure de jeune femme assise dans un fauteuil et tenant un métier à tapisserie posé sur le cadran en forme de table drapée. Epoque Ier Empire.

56 — Paire de flambeaux Louis XIV en bronze doré.

57 — Paire de flambeaux en bronze poli, fuseaux à pans coupés.

58 — Petite pendule en bronze doré à figure de jeune femme assise sur le cadran et appuyée sur une corbeille de fleurs, socle décoré d'un bas-relief. Epoque Ier Empire.

59 — Bassin en cuivre rouge repoussé, dessin à godrons. XVIIe siècle.

60 — Plat en cuivre jaune décoré au centre d'une rosace tournante, bordure à inscriptions. XVIIe siècle.

61 — Lustre en forme de lampe juive en bronze poli, disposé pour le gaz et l'électricité, de la maison GAGNEAU.

62 — Belle garniture de cheminée en bronze doré et marbre blanc, composée de : une pendule en marbre blanc à guirlandes de fleurs et consoles, surmontée d'une figure de femme allégorique aux Sciences en bronze doré et de deux candélabres à figures d'enfants supportant des corbeilles de fruits d'où s'échappent des bouquets à six lumieres.

63 — Garniture de cheminée en marbre noir et bronze, composée de une pendule ornée de bronzes dorés surmontée d'une statuette de femme en bronze appuyée sur une sphère et deux candélabres à triple colonnettes supportant cinq lumières.

64 — Paire de chenêts en bronze doré à figures d'amour et de fillette posés sur des rocailles fleuries.

65 — Paire de vases en porcelaine de Chine décor à personnages et scènes familières

supportants des bouquets de fleurs de lys à dix lumières en bronze doré.

66 — Deux paires de lampes formées par des potiches en porcelaine du Japon montures en bronze doré, anses formées de rinceaux (Maison Gagneau).

67 — Paire de petits flambeaux en bronze argenté disposés pour l'électricité.

68 — Paire de flambeaux Louis XIII en bronze poli.

69 — Coupe en bronze doré sur quatre pieds à consoles et mascarons à têtes de femmes, sur socle en cristal taillé.

70 — Service à café en porcelaine bleue et blanche décor or, composé de : cafetière, sucrier, bol, pot à lait, douze tasse et douze soucoupes.

71 — Douze tasses et douze soucoupes en porcelaine blanche à décor d'insectes en laque.

72 — Deux assiettes en faïence décorée.

73 — Bénitier en ivoire sculpté à têtes de chérubins et figures d'anges, orné d'un émail à figure de Saint. Encadrement en noyer et maroquinerie.

74 — Paire d'écrans à mains en mousseline brodée, ornés d'applications en cuir découpé manches en ivoire.

75 — Flûte en palissandre.

76 — Suspension en forme de lampe juive, en cuivre. Style flamand XVIIe siècle.

77 — Buste en bronze : Flore de Mellili.

77 *bis* — Deux statuettes en bronze : Amour et Psyché.

78 — Paire d'appliques à trois lumières en bronze.

79 — Statuette en bronze : Bernard de Palissy.

80 — Paire de chenêts en bronze.

81 — Groupe en bronze : Premières illusions.

82 — Deux petits vases en porcelaine, monture en bronze.

83 — Deux bustes en bronze : Jean qui pleure et Jean qui rit.

84 — Pendule en marqueterie de cuivre, style de BOULLE, de la maison Raingo frères.

85 — Trois assiettes et un plat en porcelaine de Saxe.

86 — Deux grandes potiches rouge de Chine.

87 — Paire de vases émail sur cuivre au grand feu, couleur verte, monture en bronze, signés A. BRÈCY.

88 — Deux petits vases émail grand feu, sur cuivre, montés de guirlandes de chauve-souris en argent finement ciselées et dorées.

89 — Aiguière en émail sur cuivre, couleur vert d'eau à reflets très riches arc-en-ciel mêlés d'or, monture en bronze ciselé et doré, signée A. Brécy.

90 — Plaque ancienne en faience italienne le Christ à la Croix.

91 — Trois petites potiches en émail cloisonné.

92 — Deux vases forme boule en émail cloisonné.

93 — Petit vase en porcelaine bleue.

94 — Plaque en porcelaine : la Vierge et l'Enfant.

95 — Bénitier Louis XIV en argent ciselé.

96 — Bonbonnière en porcelaine de Capo di Monte.

97 — Bonbonnière Louis XV en argent.

98 — Bouilloire persane en argent émaillé.

99 — Buste de Diane en bronze doré sur socle en marbre.

OBJETS DE VITRINE

100 — Bonbonnière en écaille blonde.

101 — Plaque en faïence de Delft décor en bleu.

102 — Miniature jeune fille à l'écureuil. Epoque Louis XVI.

103 — Fourchette avec manche en ancienne faïence de Nevers.

104 — Bonbonnière forme piano à queue avec sa chaise en porcelaine d'Allemagne.

105 — Plat en ancienne faïence de Castel-Durante décoré d'un cavalier.

106 — Quatorze vases étrusques en terre cuite peinte.

107 — Une cuillère à punch en argent.

108 — Deux couverts anciens en argent.

109 — Couvert d'enfant en argent.

110 — Trois cuillers en argent ciselé à figures XVIIIe siècle.

111 — Pince à sucre en argent.

112 — Porte-cure-dents en argent.

113 — Deux baguiers forme feuilles, en porlaine d'Allemagne.

114 — Groupe de deux personnages en porcelaine de Saxe.

115 — Statuette en biscuit : le Marchand de fruits.

116 — Miniature ovale : portrait de femme Louis XVI avec grand chapeau à plumes.

117 — Miniature : portrait de jeune femme avec bonnet à ruban bleu.

118 — Deux coquetiers en argent anglais.

119 — Statuette en ancienne porcelaine porcelaine de Saxe : Arlequin.

120 — Statuette en porcelaine de Saxe : Petite fille au chat.

121 — Petit chèvre en bronze ancient

122 — Bonbonnière et salière en porcelaine de Chine.

123 — Sucrier en porcelaine Barbot, décor à fleurs.

124 — Deux tasses et deux soucoupes en porcelaine à la Reine, décor à semis de fleurs.

125 — Statuette de Vénus au Dauphin en bronze, patine vert antique.

126 — Flambeau en bronze à figure de singe. Travail japonais.

127 — Petite chimère en ancien bronze de Chine.

128 — Groupe en fer coulé : homme et cheval.

129 — Petit vase en porcelaine de Chine, décor en bleu.

130 — Porte-bouquets en ancienne faïence de Nevers, décor en bleu.

131 — Groupe en ancienne faïence de Delft: femme et enfant.

132 — Statuette en porcelaine : joueur de vielle.

133 — Deux pions d'échèque en ivoire sculpté, petits personnages.

134 — Salière en argent à guirlandes et médaillons Louis XV.

135 — Plaque en ancienne faïence de Perse, décor à reflets métalliques.

136 — Grande miniature sur ivoire : Les Enfants de France.

137 — Deux cendriers en antimoine du Japon.

138 — Bonbonnière en ancien émail, fond bleu à réserve de paysage.

139 — Bonbonnière ronde en bois naturel, ornée d'une sauterelle en laque d'or.

140 — Collier en verre de Venise.

141 à 143 — Quatre éventails en os découpé à jour.

144 — Médaillon avec miniature : petite fille suspendue à un collier en or. Epoque Louis XVI.

145 — Quatre garde-sabres en bronze ciselé et fers découpés. Travail ancien de Chine.

146 — Soucoupe et salière double, en porcelaine de Saxe.

147 — Brûle-parfums, cuivre gravé. Style Oriental.

148 — Petit plateau rond en argent guilloché.

149 — Plateau rond en argent, décor gravé. Epoque Louis XIII.

150 — Plaque ronde en argent, décor au noir de fumée, cerf courant, cadre cuivre.

151 — Trois petit plateaux, laque d'or, décor paysage, volatile. Travail Japon.

152 — Petite soucoupe en argent gravé, porte-tasse Saxe, pot à crème porcelaine à la reine, porte-vase faïence de Marseille.

153 — Neuf pièces ornements de meuble en bronze ciselé et doré Ier Empire appliqués sur fond de velours rouge.

154 — Peinture sur émail, la Vierge à la chaise, cadre en bronze cloisonné.

155 — Christ en ivoire sculpté sur croix de bois noir.

156 — Petit christ en ivoire sculpté.

157 — Trois petites peintures sur cuivre : Sujet saint et portraits.

158 — Deux pièces en argent : coupe-cigares monture en argent niellé et couteau fermant.

156 — Manche de couteau japonais et quatre lames.

160 — Soixante pièces agates, cornalines, jaspes et autres.

161 — Croix grecque en argent et émail, Travail russe.

162 — Intaille sur cristal : Sacrifice à l'hymen.

163 — Beau camée dur, tête d'homme lauré.

164 — Sept camées sur corail, lave, nicolo etc.

165 — Six petites pièces japonaises en ivoire et bronze.

166 — Plaque en or repoussé à figure de momie.

167 — Deux cuillers, l'une en argent émaillé et doré, travail russe, l'autre en argent. travail américain.

168 — Coupe cristal monture en argent doré.

169 — Glace monture en argent doré, style Louis XVI.

170 — Eventail Louis XV feuille à personnages, monture en nacre et incrustations.

171 — Eventail Empire, feuille avec gravure à personnages.

173 — Boîte en ancienne porcelaine pâte tendre de Chantilly.

174 — Miniature rectangulaire sur ivoire : Idylle d'automne, sujet Louis XVI.

175 — Miniature ovale sur ivoire : La reine Marie-Antoinette, d'après Heinsius.

176 — Miniature ovale sur ivoire : Jeune femme coiffée d'un chapeau, d'après Hall.

177 — Miniature ovale sur ivoire : Napoléon Ier d'après Isabey.

178 — Miniature ovale sur ivoire : Le roi de Rome.

179 — Montre de dame en or émaillé ornée de roses.

180 — Deux peignes de côté en or avec appliques ornées de diamants.

181 — Peigne de nuque en or avec appliques ornées de roses.

182 — Statuette : Personnage avec singe sur l'épaule.

IVOIRES JAPONAIS

183 — Statuette : Personnage tenant un singe dans un panier.

184 — Groupe : Homme et enfant tenant un oiseau.

185 — Groupe homme et enfant tenant un aiglon.

186 — Groupe : Pêcheur et ses deux enfants.

187 — Statuette d'homme tenant un aiglon dans ses bras.

188 — Statuette d'homme tenant une pancarte.

189 — Groupe : Homme et enfant ayant des feuillages.

190 — Groupe : Danseur et enfant battant du gong.

191 — Statuette d'homme tenant un panier de fruits.

192 — Quatre netzukés.

TAPIS, TAPISSERIES, TENTURES

193 — Tapis d'Aubusson fond vert à dessin ton sur ton, bordure à guirlandes de fleurs et de feuillages sur fond brun.

194 — Garniture pour meuble de salon ou de cabinet de travail en tapisserie au point et au petit point, décor à grands ramages avec médaillons à personnages, style Louis XIII, composée d'un canapé, deux fauteuils et deux chaises.

195 — Grand tapis de Smyrne.

196 à 205 — Six tapis anciens d'Orient à dessins variés (*seront divisés*).

206 — Deux décors de croisées en velours de lin.

207 — Carpette.

208 — Décor de croisées en velours vert mousse.

TABLEAUX, GRAVURES
AQUARELLES

ABÉNATTI

209 — *Paysage avec maisonnette.*

BERNIER

210 — *Cour de ferme. Environ de Rouen.*

211 — *Forêt de Fontainebleau.*

BOUCHER (d'après)

212 — *Pastorale.*

BROWN (d'après J.-L.)

213 — *Avant le départ.*

COUTURIER (Ph.)

214 — *Une Trouvaille.*

DIÉTRICH

215 — *Paysage, cascade, avec halte de cavaliers.*

LANCRET (d'après)

216 — *La Leçon de musique.*

DE LUNA (Ch.)

217 — *Nègre dans un tilbury.*
Aquarelle.

DE PENNE (d'après)

218 — *Chiens de chasse.*
Deux gravures se faisant pendants

RONMY

219 — Paysage Marine : *La Réparation du bateau.*

Composition de nombreux personnages.
Signé à droite.

ROUSSEAU (d'après TH.)

220 — *Marais dans les Landes.*

ROTIG

221 — *Fox-Terrier.*

ÉCOLE ANCIENNE

222 — *Prisonnier nu.*
Etude.

223 — *Intérieur d'étable.*

ÉCOLE FRANÇAISE

224 — *Le Tête-à-tête interrompu.*
Peinture décorative.

225 — *Portrait de femme en robe bleue et mousseline Ier Empire tenant une fleur.*

226 — *Portrait de femme en robe bleue et écharpe rouge.*

227 — *Paysage animé de figures avec fontaine monumentale.*

228 — *Navires à voiles. Marine.*

229 — *Les Premiers pas.*

ÉCOLE FRANÇAISE DU XVIIIe SIÈCLE

230 — *Portrait d'homme à cheveux blancs tenant une lettre.*

ÉCOLE FRANÇAISE

231 — *Le Bal.*

ÉCOLE HOLLANDAISE

232 — *Paysage, marine animés de sept figures.*

ÉCOLE MODERNE

233 — *Pêcheurs relevant leurs filets.*

Paysage d'Italie.

234 — *Officier des Guides à cheval.* Ier Empire.

235 — Gravure rehaussée de couleur et incrustée d'or et d'argent : *Scène religieuse.*

Cadre en bois sculpté et doré ancien.

236 — Objets omis.

www.ingramcontent.com/pod-product-compliance
Ingram Content Group UK Ltd.
Pitfield, Milton Keynes, MK11 3LW, UK
UKHW021032260726
13994UKWH00005B/2109

9 782329 485096